戯れ歌　愛と異郷

Hirooka Moriho

広岡守穂詩集

土曜美術社出版販売

詩集　戯れ歌　愛と異郷＊目次

前奏　恋愛篇

第1章　異郷篇

第2章　日本祭篇

カバー写真／瀧川敦子
本文イラスト／小笠原晃穂

詩集

戯れ歌　愛と異郷

前奏　恋愛篇

思い出のロミオとジュリエット

いつもは体のどこかに
眠っている記憶が
ときどき　まぶたの銀幕に
映像をむすびます

横縞のカットソーと
洗いざらしのGパンのあなた
いっしょに
ボブ・ディラン聴きながら

シェイクスピアの現代語訳
つくったね
原文は陽気で猥雑
あんまり雰囲気がちがうので
びっくりして顔を見合わせた
宿題のロミオとジュリエット

あのころ

あなたは小学生の家庭教師
ぼくは倉庫の整理

その日　ぼくらは疲れ果てて
やっとアパートに帰った
真夜中　ふたりとも
とてもお腹がすいていた

冷たくなったご飯と

ネギをサラダ油で炒めて
つくったチャーハン

テーブルにタオルを敷いて
フライパンから直接食べた
向かい合って食べた

貧しかった
あのころ

酒場の女が言いました

十九歳のときでした
酒場の女が言いました
男にゃタイプがふたつある

妻を座敷においといて
愛人に店を持たせる男と
愛人を別宅に囲っておいて
妻にお店を持たせる男
甲斐性あるのはどっちかな

坊や　あんたにゃわかるまい

十九歳のときでした
酒場の女に言いました
男にゃタイプがふたつある

妻を座敷においといて
愛人に店を持たせる男と
愛人を別宅に囲っておいて
妻にお店を持たせる男
あなたを愛した　男はどっちと
聞いたら返事は　返ってこない
返ってきたのは　タバコの煙

きっと失恋ばかりして
あげく酒場にやってきて
情炎　口づけ　迷い道
タバコの煙は　隠れ蓑
言葉かぎりの愛人ごっこに
憂き身をやつす　女の盛り

十九歳のときでした
妻に刺激を　求める男に
なりたいものだと　言いました

女優か女実業家と結婚したら
夫は一般人　といわれるのは嫌だが
とてもカッコイイじゃないか

でもどうしたら　結婚できるのか
さっぱり　わかりませんでした

かけだしモデルの女の子と
一回デートしたけれど
それきりふられてしまいました
十九歳のときでした

あなたがいっしょにいるとき

1

あなたがいっしょにいるとき
いつも希望がふくらみました
おぼえていますか
夕立に追われて雨宿りした時計台
あなたに落ちたしずくがはねて
わたしのおでこを濡らしました
くじけずに歩み続ける
しずくが　そんな力をくれました

2

あなたがいっしょにいるとき
いつも自信がわいてきました
おぼえていますか
路地裏の小さなお店
シャーリーのうたごえを背に
近い未来のくわだてを語ると
あなたはしきりにうなずいていた
手をとりあえば何かができる
そんな自分を信じていました

3

あなたがいっしょにいるとき

いつも時間がとまりました
おぼえていますか
長期の海外出張をひかえて
毎晩ベランダで
手をつないで星を眺めました
毎日毎日
三食　いっしょに食べました
独身時代やりとりした手紙を
むかいあって読みました
まるで遺言状を朗読するみたいでした
一日だって離れたくなかったのです

第1章　異郷篇

男は後ろ髪引かれる思いで中国長春の地にむけて
旅立ったのでありました

歓迎会のブラックジョーク

子犬がわんわん　お出迎えする
朝鮮料理の　月仙酒家
おいしい焼き肉　しこたま食べた
結帳《じえじゃん》*1すませて　お店を出るなり
ベンティエン*2老師《らおしー》*3　にやりと笑い
さっきの子犬は　うまかったでしょ

*1　結帳　支払い　会計　チェック。
*2　ベンティエン　日本の名字の漢語読み。
*3　老師　先生　若くても老師。

アフリカ統一機構結成十七周年記念日

五月二五日*アフリカの留学生が主催するパーティーに参加

アフリカ人は　ワニ肉が好き
ニワトリ風味の　味がするなり
ワニのほかにも　カメでも　蛇でも
日本人なら　ぜひ召し上がれ
でもくれぐれも　用心してね
ワニのほうでも　人肉が好き

＊　一九六三年五月二五日　アフリカ統一機構結成。

せつない昼下がりのひととき

招待所のルーフバルコニーで
ひとりでシティ・ポップを聴いています
竹内まりやが耳元で歌い
まぶたの裏の遠いところで
あなたがぼくをみつめています

ミラン・クンデラの
『存在の耐えられない軽さ』を読んでいます
プラハの春

ぼくはマルタ・クビショヴァーが歌った
ヘイジュードを聴きたくなりました

でも音源を持っていません
どうか　あなたがかわりに
聴いてください

もの憂い昼下がり
あたたかい日差しの中で
ぼくは
恋心と民衆の抵抗運動を
せつなくかさねています
とてもせつなく

長春の冬は長い

長春の冬は長い
九月になると一雨ごとに寒くなり
一月は氷点下二〇度になる
三月に到着したとき緑はなく
まち全体が灰色だった
コンクリートのアパートの灰色の壁が延々とつづくのをみて
地の果てに来るとはこのことかと思った
五月に敷石の割れ目に雑草が芽を出す
視界の隅に映ったちいさな緑が目にしみた

長春は旧満洲国の首都だったとき新京といわれた
清国最後の皇帝が住んだところで
その宮殿は偽皇宮と呼ばれていた
吉林大学の講堂は日本人が建てた神社だった
吉林省共産党本部は日本の城郭のかたちをしていた

人びとは人なつっこく
ヘレンといっしょに町を歩いていると
いつも私が話しかけられた
通訳と間違われたわけだ
でも漢語《はんゆぃ》はヘレンの方が達者で
ヘレンが通訳してくれた
すると人びとはヘレンのコートやバッグをなでて

これはいくらか　そんなに高いのか
お前の給料はいくらか
と矢継ぎ早に質問を浴びせかけた

もちろんわたしも
どこから来たか　と尋ねられた
日本から来たと答えると
ふーむ　そうはみえない
南方から来たか　またはシンガポールあたりの人にみえる
といわれた

さもあろう　さもあろう
どうせ　ぼくは色黒だ

お忍びの人たち

大連・初夏・幹部専用のリゾート地に迷い込む

窓を開ければ　乳白色の
空気は浜の　景色を閉ざす
ラベンダー咲く　敷地の森に
愛人《あいれん》　情人《ちんれん》　そぞろに歩む
棒棰島《ばんちゅいだお》なる　保養施設は
霧に抱かれて　人影寂し

禁煙の誓いむなしく

一九九〇年から三年間ほどタバコが復活　いまはやめています

長くタバコを　やめていたけど
烟酒不分家《いぇんじゅうぷふんじゃー》*と　宴席でひと吸い
つきあったら最後　やめられなくなり
長途列車の　グリーン車でぷかぷか
すると車掌が　やって来るなり
中国人なら　やめなさい

＊　烟酒不分家　酒とタバコはみなさんどうぞご自由に。

未完成の高速道路を自転車で走る

解放大路《じぇふぁんたーるー》の　立体交差
下午五点《しあうーうーでぃえん》*　自転車を駆る
あれはなにぞと　前方みれば
荷台に豚の　生首くくり
家路を急ぐ　高速道路
今宵酢豚か　角煮の豚か

*　下午五点　午後五時。

日米親善ソフトボール選手権

塁球《れいちゅう》でトホホの3三振

いかな親善試合とはいえ
負けてなるかと　気合いを入れて
力一杯　バットを振れど
ボールは全然　かすりもせずに
ただひたすらに　空を切るのみ
ホームラン打ったと　日記に書いた

金陵*観光

中国三大　かまどのひとつ
古都南京の　夏は暑かった
明孝陵やら　中山陵やら
数ある史跡を　巡り歩いて
疲労困憊　羊や獅子や
お馬の尻で　一休みせり

＊　金陵　南京のこと。

お馬の尻で一休み

寒山寺のあるまち

月落ちカラス鳴き霜は天に満つ……

蘇州　嬉しや　なつかしや
両人座《りゃんれんづお》の　自行車《つーしんちゃ》に乗り＊
水の都を　駆ける人多し
松鶴楼《そんはろう》の　松鼠桂魚《そんしゅうぐいゆい》は
真っ赤っかなのに　甘い味
しこたま食べた　中秋節の月餅

＊　両人座の自行車　二人乗りの自転車。

上海バンド

夏の外灘《わいたん》　まちなみレトロ
純白のシフォンシャツに
ワイドパンツ　コーディネートして
あなたは黒髪　風になびかせ
ちょっと背中を　そり返らせて
黄浦江《ほわんぷじゃん》を　見渡していた
まるでやくざの　情婦みたいに

ミッドサマー　思い出の北京

1

長城《ちゃんじゃん》の人混みに　もみくちゃにされながら
みんなで肩寄せて　記念写真撮ったね
あなたも平然と　面条《めんてぃあお》*1食べた
服務員《ふうーえん》が指を浸して　持ってきた中華ラーメン

2

王府井《わんふーちん》で食べたね
サンザシの　糖葫蘆《たんふーるー》*2

あなたはミセス・チェンといっしょに
ポーズをきめて　微笑んだ

3

子どもたちといっしょに　道ばたで
王老吉《わんらおじー》*3　飲み干したね
あなたは　遠くを見るような目で
自転車の洪水を　眺めていた

ミッドサマー
思い出の北京

*1　面条　麺類のこと。
*2　糖葫盧　飴をかけた果物を竹串にさしてある。
*3　王老吉　中国で人気の清涼飲料水。

白桃か○○[*1]か

長城飯店[*2]の　ロビーにまします
巨大なお姿の　吉祥天女像
遊び人風の　異国の客を
咎めもせずに　笑顔でお迎え
大きな桃を　手にしていたが
どこからみても　○○だった

＊1　○○は饅頭。
＊2　長城飯店　北京のホテル。香格里拉飯店か崑崙飯店だったかも？

石炭の山と白菜の山

献血の見返りは中国人なら休暇と生卵だけど

秋の長春　風物詩なら
建物裏の　石炭山と
舗道に積まれた　白菜の山
血液センターで　献血すませ
栄養補給に　盗み食いする
あんまりお腹が　すいていたので

思い出すたび腹が立つ
30年間だれにも言わなかった不名誉な話

農大《のんだー》*1行きの　班車《ばんちゃー》*2に乗れず
客待ちタクシー　呼び止めたらば
ちゃんとメーター　ついているから
大丈夫だよ　と言われたけれど
ものすごい遠回りで　なんと一〇〇元
ちっとも大丈夫じゃなかったよ

*1　農大　農業大学。
*2　班車　スクールバス。

雪が凍る道を自転車が疾駆する

雪は降ったら　春まで解けぬ
カチンカチンに　凍りついても
突き刺すような　寒気の中を
人びとは自転車で疾駆する
ときどき道で　ひっくり返るが
舌うちはせず　笑ってすませる

海鮮料理《はいしぇんりゃうり》

食堂で○○*を買い料理法を指示して食べる

冬の廈門《しゃーめん》　セーター要らず
郷土料理を　物色すれば
たらいの中に　海鮮食材
煮るか　揚げるか　いためるか　蒸すか
われは漢語《はんゆい》　不得意なれど
身ぶり手振りで　○○食う

＊　○○はカブトガニ。
ふぐ毒とおなじ毒をもつことがあり運が悪いと死ぬ。

厦門《しゃーめん》

日光岩につづく　なだらかな坂道
洋館に響く　ピアノの調べ
ぼくは軽やかに　ステップ踏んで
さっき食べた　カブトガニの
真似して踊る　踊って踊って
踊って　踊る

長春でいちばん知られた日本語

長春は日本語を話す人がたくさんいた
ある日　ぼくはお医者さんに招待され
その人の自宅で夕ご飯をご馳走になった
大量の料理が次々と出てきて
お皿の上にお皿をかさねて
テーブルはおいしい料理の
段々畑みたいになった
残したらいけないと必死で食べて
しまいに胃からのどまで棒を通したみたいに

苦しくて　苦しくて　身動きもままならなくなった
まさか残すのが礼儀とは知らなかったのだ

わたしは日本語ちょっとだけ話せますよ
とお医者さんは言った
そして最初にお医者さんの口から出てきたのが
　バカヤロー
だった
わたしは悲しくて　恥ずかしくて　情けなくて
かつてこの地で威張りくさっていた日本鬼子《りーべんぐいず》*たちに
　バカヤロー
と怒鳴りたかった

＊　日本鬼子　日本人の蔑称。

工人《ごんれん》＊1体育館に社交クラブ
公的施設の目的外利用にびっくり

人民大街《れんみんだーじぇ》　工人体育館《ごんれんてぃーがん》に
人気の飲み屋　できたと聞いた
体操室が　貸しに出されて
あやしい酒吧《じゅうばー》に　衣替えせり
三陪小姐《さんぺいしゃおじぇ》＊2　出入りするらし
社交クラブに　様変わりせり

＊1　工人　労働者。
＊2　三陪小姐　きれいなおねえさん。いっしょに歌い、いっしょに飲み、いっしょに踊ってくれるらしい。

官と民との関係

警官の車は信号無視する権利がある

朋友の朋友に　警察官がいて
お昼ご飯を　ご馳走になり
サイドカーで　送ってくれたが
信号無視して　突っ走った
警察なのにと　咎めた返事が
わたしは警官　権利があります

いい男ならよりどりみどり

長途列車内での会話

中国人民　お喋り好きで
初対面でも　よく話します
成家了没有《ちゃんじゃーらめいよう》[＊1]？　工資多少《ごんつーどうしゃお》[＊2]？
ヘレンが未婚と　答えたときは
結婚しなさい　中国男と
十億もいるから　よりどりみどり

＊1　成家了没有？　結婚しているか？
＊2　工資多少？　給料はいくら？

中国人の理想の人生

中国人の　理想のくらし
まずアメリカの　家にくらして
中華料理に　舌鼓うつ
それから妻に　日本の女
それは男の　理想でしょ
中国女は　どうなるの

＊　中国の大学教授から聞いた冗談です。ジェンダーのにおいがしますが、三〇年も前のことなので大目に見てください。

食べ物のお話

友人のアパートに遊びに行ったら
一階の部屋の扉の脇に
白菜が十数個置いてあった
たぶん食材だと思うが
捨てておかしくないとも思った
ちょっとシュールな光景だった

大きなお皿をかさねて
テーブルは満艦飾

取り箸は使わない
鳥や魚の骨はテーブル上に
ペッと吐き出すべし
指を口に突っ込むなどは
下品の極みと心得よ

中華料理はほんとうにおいしい
味もそうだが
食べ方がおいしい
円卓を囲み　食台を回しながら
みんなでワイワイ食べる
平気で食べ残すのだけは抵抗がある

献血物語

針だってディスポーザブルだからと
彼女はみんなを献血にさそった
ひたむきに　こまめに
ハンサムな人だとぼくは思った

そのころ　中国の衛生状態は悪名高かった
彼女の頼みをすげなく断るやからもいれば
彼女の声が聞こえないふりをするやつもいた

されど　ここは中国
　義を見てせざるは勇なきなり
孔子さまも仰せじゃないか
ぼくは　まなじりを決して　生まれてはじめて献血した

ワイシャツをまくり上げたときは
腕の筋肉が硬くなった
針がささったときは
目をそむけていた
彼女がのぞきこんできたときは
うつむいた
やっぱり痛かった
　いたいよ　いたいよ　いたいよ
アイヨー　痛死了《とんすーら》

海量《はいりやん》 日本語で言うとうわばみ

中国人の若きエリートたちと呑み会

海量の意味が　うわばみなれば
湖量《ふーりやん》　無量《うーりやん》いろいろあらむ
ロックのビートに　酔いしれながら
サシの乾杯　律儀に受ければ
六十度の白酒《ばいじゆ》は　酔いがきついぞ
九月の夜が　ぐるぐる回る

糸の切れたたこ　尊敬すべし

あるとき　ある男から聞いた
青年海外協力隊員は
社会的不適応みたいのが多い
あてにならない
糸の切れたタコみたいだ
　そうでしょうか
　糸の切れたタコですか
二〇年後　わたしはインターネットで検索してみた
青年海外協力隊員だった知人はみなヒットした

けれども大会社につとめるその男の名前は
いくらさがしても見つからなかった
そうだろう　そうだろう
あなたは
たかが歯車だ

第2章　日本祭篇

みんなで力をあわせてやりとげた大きなイベント
みんなそれぞれ少し変わりました

夢のバラード

1

海を知らない　学生たちに
おいしいお料理　食べさせたいわ
日本の暮らしを　体験したら
ことばの理解は　深くなるでしょ

なるほどとぼくは　身を乗り出した
刺身は無理かもしれないが　カレーや豚汁ならどうか
着物の着付けや　ポスター写真もいいわね

ふたりだけの長いコーヒーブレイクだった
ぼくははじめて　大人の女性と
愛ではなくて　夢を語った

2
ぼくは日本の家庭をテーマに
短い日本語の芝居を書いた
みんなコミカルに　楽しげに
おとうさんやおかあさんや　子どもを演じた

ぼくはホールの片隅にたって
舞台のみんなをみつめていた
学生の笑い声がおこるたびに

日本語の響きがやわらかになった

仲間の夢をかたちにした
そんな美しい思い出ができた

3

中国人の先生たちが
省政府に話をつけてくれ
五つの学校を　巡回して
ぼくらは日本祭を開催できた

季節は秋だから　一校ごとに寒くなった
最後の学校で開いた

フォークソングの夕べ
窓の外は宵闇の白雪
ぼくははじめて　自由な夢を
みんなとともに　かたちにした

手巻き寿司

酸っぱいご飯に腐った魚？

自由市場の　食品売り場に
並ぶ魚を　さがしてごらん
半分解けた　冷凍太刀魚
たらいに泳ぐ　小鮒のたぐい
それじゃあ寿司は　つくれません
そこで実演　手巻き寿司

着物の着付け

美しく着飾るのはいいが苦しい

着物の着付けは　とてもおもしろい
帯がきつくて　息ができない
指割れ足袋も　一苦労する
それを見ていた　男子学生
封建時代の　女性差別を
いま目のあたりに　見る心地ぞする

＊　着付けが上手なら苦しくないという説もあります。

教室は間違っていけないところ?

ある学生をさして　かんたんな質問をしたら
答えは間違っていた　正しい答えを教えると
それきり彼は　そっぽをむいて
貧乏ゆすりしながら窓の外を眺めていた
　教室は間違っていけないところだと
　学生たちは考えているんですよ
　なにしろトップクラスのエリートたちですからね
とゴンベン老師が語った

芝居のセリフに抗議された

痰唾を吐く　小銭を投げる
その人たちに　やさしくされる
誤解から入って　理解にすすむ
異文化理解の　常道と思う
芝居のセリフに　腹を立てて
ボイコット叫んだ　学生がいた
困ったことになったと思ったが
抗議はすぐにおさまった
声をあげた学生との対話が弾んだ
楽しからずや　こんないさかい

しあわせになる上っ張り

外国人に人気の衣装は……

日本祭の　一番人気は
意外なことに　法被《はっぴ》なりけり
法被がなんで　人気があったか
ハッピー・コートと　音が似通う
ジョーンがほしいと　ねだってきたが
借り物なるゆえ　お断りした

イエス・ノー・クイズ

正解者だけ次の問いにすすむ。そこまではよかったが

竹下首相の　次の首相は
海部俊樹だ　イエスかノーか
日本人でも　間違う問いに
中国学生　大健闘する
正解者の数　なかなか減らず
ゴンベン老師　大慌て

フォークソングのコンサート

女子学生がシーチー*老師を追っかけ

たまたまギターが　弾けるからとて
なんで彼だけ　いい目を見るのか
フォークソングを　弾き語りして
つばさをください　なんてうたえば
女子学生が　うっとりとする
日本祭の　コンサートの夜

＊　シーチー　日本の名字の漢語読み。

希望

みんなでみつけた　ちいさな希望
異国の空の　下で　うたった
赤い鳥の　つばさをください
雲のかなたに　はばたくために

ギターつまびく　こころはずんで
目と目を見交わす　みんなの姿が
ちいさな希望の　あかりとともに
みんなの瞳に　うつっています

外国人教師を招待して盛大に仮装舞会《ほあじゃんうーふぃ》

日本小姐《りーべん》　モンゴル衣装
国籍不明の　キョンシー男
百花繚乱か　百鬼夜行か
われらピンクの　風船割って
青い気焔を　はじいて散らす
十一月の夜の　ポトラックパーティー

エレーナ

美しいエレーナは仮装舞会の花だった
バルト三国のエストニアから
来ていたロシア語外教《わいじゃお》
ロシア人とばかり思っていた
するとエレーナは激怒して
　ロシア人なんかじゃない！
日本で働きたいと願っていた
仲介したが　不首尾に終わった
いろんな国からの外賓《わいぴん》がいた

甘美な思い出にふける人たちにささげる
お酒と愛のバラード

日本祭の仲間は若い独身者が多く、帰国後、次々と結婚
彼らはこんな恋愛をしたんだろうと、勝手に妄想をたくまし
くしてみた

1

テラスに並べたデッキチェアで
ユーロビートをふたりで聴いた
ポプラの綿毛が頬をなでて
夜がしずかにとばりをおろす

ブランデーグラスに口づけして
目を閉じて　やさしさにふれた
気がつけば　胸は高鳴り
サンダルが足元に脱げていた

2

自転車の後ろに　彼女を乗せて
息をきらせて　ヨロヨロ走る
道ばたで売る　蚕の繭を
酔いざましに　食べてみようよ
彼女は公園の　遊具にもたれ
片頬にかわいい　笑くぼを浮かべ

酔いをさます　みたいな仕草で
彼のひとみを　のぞき込んだ

3

チャイナドレスに　毛皮の襟巻き
優雅に踊る　チャチャチャのリズム
ルージュの唇　扇子でかくす
きみは新世界の　なぞの女か

和平賓館　バーのjazzバンド
スタンダード　ナンバー　聴かせるからにゃ
身なり仕草も　オールド・ファッション
きみはルームキー　手のひらでもてあそぶ

4

ヴェルレーヌの詩を　ベッドで読もうよ
キザなセリフで　男はさそった
女は笑って　窓の外に
広がる夜景を　ながめていた

娼婦と暮らして　捨てられて
野垂れ死にした　詩人なんでしょ
わたしはレスリー・チャン（張国栄）がいい
デカダンスなど　似合わないのよ

甘美な思い出を共有するおふたりさまに

帰国後二、三年のうちに次々と結婚式に招待された　その都
度お祝いの詩をつくってみたが一度も渡す機会はなかった
四人分のお祝いをリライトしてひとつにした

ふたりでいっしょにいたら
あたたかい希望がわきます
那谷寺のそばの珈琲庁でも
羅臼からみるオホーツクでも
六華苑のサンルームでも

溜池の小洒落た割烹でも
ふたりのてのひらに
希望をのせてください

ポプラの綿毛も
蚕の繭も
オールド・ボーイ・ジャズバンドも
ポール・ヴェルレーヌも

手をとりあえば　なにかが生まれる
ふたりにさちあれと祈ります

終章　帰国篇

男は生まれ、育ち、恋をした国に帰還します

電髪

帰国直前、パーマをかけた

生まれてはじめて　パーマをかけた
チリチリモジャモジャ　男前なり
満悦至極に　御座候
モテ期になるかと　期待したけど
身なり行動　中国式で
モテるより先に　怖がられたよ
　帰国してしばらく　タバコはポイ捨て
道路横断は信号無視　辛いものばかり食べて
味覚もおかしくなっていた

送別

帰国前の三日間、三食○○*を食べたこと

帰国間近の　ある昼下がり
中国朋友　三人四人
突然宿舎に　おしかけてきて
大量の○○　つくりはじめた
食べきれないと　訴えてみたら
残ればみんな　すてなさい

* ○○はなんでしょう?　　答えは餃子。

帰心矢の如し　されど哀し

親しい仲間が一人またひとり
この地を去って行きます
それぞれが　元いたところに
もどっていきます

わかれはとても淋しいけれど
ぼくも家路を急いでいます

中国のくらしは自由だし

みんなとってもやさしいけれど
ぼくはなぜかひとりぼっち
だれもぼくを求めていない
だから淋しい

あるときヘレンとアンとモニカの前で
そういってこぼしたら
三人はニヤニヤ笑って

モリが好きなのは　わたしたちのだれ?

そんな意味じゃないんだけれど
ここの暮らしには
たしかに　なにかが欠けている

愛ではなくて
ひとを責任に結びつけるなにかが
そう　なにか道徳的なものが

それがないと
自由だけれど　ひとに必要とされない人間は
気ままな頽廃に
飲み込まれていくのだ

それは百も承知だけれど
ぼくは体内に育ちはじめていた
自由な頽廃が
なんだかとてもいとしかったのだった

放し飼いの自由
帰心　矢の如し
されど　哀し
戻るべし　ＴＯＫＹＯへ

一日の最後におしゃべりしたい相手はあなたです

1

一日の最後に
おしゃべりしたい相手はあなたです

だから
寝床に入って目を閉じたら
わたしと過ごした時間を
まぶたの銀幕に呼び出してね

わたしの中指のつけ根の

小さな骨のふくらみを
あなたの中指の腹で
ゆっくりと愛撫してほしいの

あなたのぬくもりが
わたしのこころの敏感な部分にとどくまで

2

一日の最後に
あなたとおしゃべりしてから眠りたい

だから
寝床に入って目を閉じたら
わたしと過ごした時間を

こころの日記帳に書きとめてね

わたしのくちびるからもれる
寝息が腕にかかったら
あなたはそっと手をつなぎ
ふたりの夢を結んでほしいの

あなたのやさしさが
わたしのこころの敏感な部分にとどくまで

あなたと肩を組んで歩めば
二人が描く航跡はひとつ
一日の最後に
おしゃべりしたい相手はあなたです

帰国　成田空港で

空港のゲートで
あなたはまるで
野生動物を捕獲しに来たみたいに
目を見開いてぼくをみつめ
ぼくの手を引いて
近くのホテルにチェックインした

胸が高鳴ったのはいっときのことで
あなたはバッグから着替えを取り出し
いますぐシャワーを浴びるように命じた

チリチリモジャモジャの頭をみてため息をつき
サングラスをむしり取り
指先でぼくの下着をつまみ
ポリ袋に入れて
厳重に封をした

キスしようとしたら
顔をそむけ
ニンニクのにおいがする
とひとこと

ぼくはこうして
お伽噺とニンニクの世界に
わかれを告げ

慣れ親しんできた世界に無事帰還した
ぼくはそこで生まれ
そこで育ち
そこで恋をしたのだった

このあとどんな人生が
ぼくを待ち受けているか
そのときは知るよしもなかった
とてもドラマチックなのだが
その物語は
他日のために残しておこう

おしまい

あとがき

恋愛詩が好きなのですが、さすがに七〇歳すぎると気恥ずかしいです。コメディとロマンスは相性が良いといいます。わたしの恋愛詩もロマンチックになるか、またはコミカルになるか、どっちかです。それで詩集のタイトルを「戯れ歌　愛と異郷」としました。コミカル恋愛詩が好きだという意味を込めています。

三八歳のとき中国で在外研究に従事しました。そのときにたくさん詩を書きましたが、発表するつもりはまったくありませんでした。この本に収録した詩の大半はそのとき書いたものか、もとの詩に手を入れたものです。

詩集のテーマは愛と尊敬です。わたしは二一歳のときに中学の同級生と学生結婚しました。親は大反対でしたので、自力で生計をたてました。もう五〇年たちましたが、その間、愛が揺らいだことはありません。しかし尊敬はというと、それは別の話です。

結婚するとき愛と尊敬がいっしょになっています。わたしもそうでした。尊敬とはその人の生き方が自分の生き方に合致しているときに生まれる大切な感情です。人生の伴侶にはお互いの愛と尊敬の両方が必要です。

わたしは思想的には反権威主義的リベラルでしたが、生き方は優等生が歩む道をめざしていました。自分の思想とは裏腹に、中高校生のころ聡明な優等生タイプの女子ばかり好きになったのは、そのためだっただろうと思います。妻もそういうタイプでした。

結婚して五、六年たつと、子育てに追われている妻はしょっちゅう不安を口にするようになりました。わたしは第二次フェミニズム運動の思想に共感していましたから、彼女が活動や仕事をはじめるのに大賛成でした。でも自力で壁を突き破ってほしいとも思っていました。ぐずぐずする彼女が物足りなく感じました。けれども自分自身は優等生の生き方に固執していました。そんな自分自身に問題があるとも気づいていませんでした。

中国で知り合った人たちは、男も女も、みんな自由でした。既成観念なんかに縛られず、思い思いに夢を追いかけている。わたしはその人たちにひそかな憧れを感じ、生き方を変えたいとさえ思いました。

それと同時に尊敬する女性像が大きく変わりました。わがまま自由に生きる女性に憧れました。そして大人の女性と愛ではなく夢を語る。そんな経験をしました。日本祭のことや、献血のことを、ニンニクいっぱいの料理を食べながら語り合いました。青年海外協力隊の人が多く、それまでに親しくした女性とはちがうタイプの人たちでした。

帰国したら、ずっと子育てに専念していた妻が仕事をはじめていました。編集の仕事です。夢を語りあうべき相手が目の前にいる。そんなこととはつゆ知らず、その人と自分は子どものころから知っていて、二〇年近くもいっしょに暮らしてきたのだ。そう思いました。しばらくしてふたりで季刊の個人雑誌をつくりはじめたのですが、よくケンカしたものです。夢を語るのは楽しいばかりでないと痛感したものでした。

この詩集を長春で親しくした人たちにささげたいと思っています。

二〇二三年七月

広岡守穂

著者
広岡守穂（ひろおか　もりほ）
一九五一年石川県生まれ。
詩誌「北國帯」同人、「日本未来派」同人

詩集　戯《ざ》れ歌《うた》　愛《あい》と異《い》郷《きょう》

発　行　二〇二三年八月一日

著　者　広岡守穂
装　丁　直井和夫
発行者　高木祐子
発行所　土曜美術社出版販売
〒162-0813　東京都新宿区東五軒町三―一〇
電　話　〇三―五二二九―〇七三〇
FAX　〇三―五二二九―〇七三二
振　替　〇〇一六〇―九―七五六九〇九
印刷・製本　モリモト印刷
ISBN978-4-8120-2790-5　C0092